A la orilla del viento…

Primera edición: 1998

D.R. © 1998, FONDO DE CULTURA ECONÓMICA
Av. Picacho Ajusco 227; México, 14200, D.F.

ISBN 968-16-5859-0

Impreso en México

Coordinador de la colección: Daniel Goldin
Diseño: Joaquín Sierra Escalante
Dirección artística: Mauricio Gómez Morin

El viejo que no salía en los cuentos

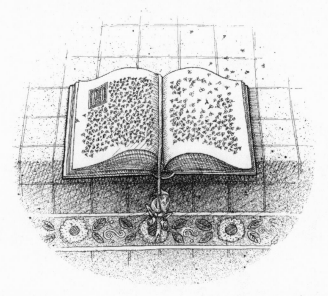

Pilar Mateos

ilustraciones de Mauricio Gómez Morin

FONDO DE CULTURA ECONÓMICA

Capítulo 1

◆ UNA NOCHE Valentín soñó que su abuelo le traía un gato; lo oyó maullar debajo
de la cama y estaba a punto de acariciarlo
cuando despertó.

—¿No dijiste que iba a venir el abuelo?
—le preguntó a su madre durante el
desayuno.

Su madre se estaba preparando para marcharse a trabajar;
con una mano recogía las tazas sucias y con la otra se abro-
chaba una blusa verde.

—Eso dije —le contestó—. Y hoy mismo voy a mandarle el
billete del tren.

Desde que era pequeño Valentín soñaba con tener un gato
que se llamara Osiris. Y estaba seguro de que el abuelo se lo
iba a traer.

—¿Y si no quiere venir? —se alarmó.

Su madre le tendió los libros del colegio que estaban sobre
la mesa, apagó la luz de la cocina y se metió su chaqueta de
lana azul.

—Pues tendría que arreglar yo misma el enchufe de la plan-
cha —suspiró.

El abuelo Benito llegó con el invierno. Desde entonces se marcha todas las tardes a los pinares, que están en la otra punta de
la ciudad, a buscar un tesoro o una cigüeña despistada. Tam-

refunfuñar - g lloan

persiana - venetian
compone - flexblind

bién se le puede ver en la plazuela, jugando a los bolos. Pero su diversión favorita es escuchar los cuentos de Valentín. Lo que no le gusta nada son las noticias de la televisión, perder en el juego y arreglar esas cosas que se rompen, las persianas y los enchufes de las planchas.

—Allá se las compongan —refunfuña—. Yo ya tengo bastante que hacer.

Y se desentiende del asunto, esperando que las cosas se arreglen solas. Las cosas, naturalmente, las arreglan los demás; en cambio, él baja por la mañana temprano a comprar el pan y la leche. Se pasa un buen rato de charla con la panadera —a Benito le gusta la panadera que es redonda y tostada como una rosquilla—; se pasa otro buen rato discutiendo con Matías, el pescadero, porque ha subido el precio de la pescadilla; y a la vuelta se para a mirar los carteles de la entrada del cine. Los carteles dicen palabras misteriosas que él no puede entender. Se queda allí mirándolos intrigado, esforzándose inútilmente, con esa rabia que nos dan las tapias demasiado altas y los cajones atrancados. Y es que Benito no sabe leer.

Benito tiene muchos años: setenta y tres, un pelo blanco cortado al cepillo, una mirada curiosa y una dentadura postiza que se compró de segunda mano y que le está un poco grande; además tiene un reloj antiguo colgado de una cadena, en el que suele mirar la hora cuando está discutiendo con Matías.

—Más vale que me apresure —dice—, que luego llega Valentín y no tengo lista la comida.

A Benito la cae muy simpático Valentín.

desentenderse - want nothing to do with.

6

Valentín sale de la escuela a las doce y media, pero, en vez de irse a casa derecho, lo que hace es pedirle a Pablo que le deje dar una vuelta en sus patines; a Ariel que le preste el balón y a Gabriela que le enseñe su colección de orugas. Valentín es un poco pedigüeño, es lo malo que tiene, y una pizca desagradecido. Está mirando una oruga recién nacida con la lupa de Gabriela y de pronto exclama:

—¡Ay!, Benito me está esperando.

Y se marcha a todo correr sin dar ni las gracias.

Valentín tiene nueve años, un pantalón vaquero con rodilleras y una goma de borrar.

A Valentín le cae muy simpático Benito.

Lo raro es que no sólo es Benito quien lo espera. Algunos días, mientras juega con sus amigos, Valentín se refiere a otras personas de nombres extraños.

—Tengo que irme, a ver lo que pasa con Gulliver.

O dice que ha dejado a Búfalo Bill en una situación muy peligrosa, o que esta vez Peter Pan no tiene escapatoria y, quién sabe lo que estará planeando Guillermo.

Con tanta gente los amigos de Valentín se confunden.

—Deben ser muchos de familia —comenta Gabriela, admirada.

Sin embargo, a la hora de comer sólo son dos: Benito y Valentín.

Comen en la mesa de la cocina, sobre un mantel de plástico que tiene una guirnalda de flores, amarilla y verde, todo alrededor. Benito se come la miga del pan y Valentín, la corteza. Benito se bebe el vino y Valentín, el refresco. Valentín prefiere la pechuga del pollo, y Benito dice que es mucho mejor el muslo, sin comparación; así que se complementan muy bien y no desperdician nada. Cuando terminan, Benito quita los platos y Valentín limpia el mantel con un trapo húmedo. Entonces, al aire tibio de la cocina y acompañados por una música de cazuelas y voces que alegran el patio, se disponen a disfrutar juntos del mejor rato del día.

Valentín abre el libro; pasa las hojas muy de prisa buscando la página donde se interrumpieron ayer, y empieza a leer. Benito lo escucha mirándolo atentamente a la cara, sin pestañear apenas, como si en la cara de Valentín pudieran verse los seres más fascinantes, las más increíbles aventuras que hayan sucedido jamás.

Benito no sabe leer porque nadie le enseñó. A los siete años, en vez de mandarlo a la escuela lo mandaron a guardar las vacas por un caminito verde. A los once ya se iba más lejos, a llevar un rebaño de cabras a los pastos de la montaña. Y así siguió durante toda su vida, de pastor, aprendiendo por su cuenta cosas que no vienen en los libros. Y como allá, en su pequeña aldea, ni siquiera tenía ocasión de ver un periódico, Benito no sintió nunca la necesidad de aprender a leer. Mucho menos ahora que ya estaba viejo y se le había metido en los ojos como una niebla que no acababa de levantar.

—Ya no alcanzo a distinguir la cigüeña ni el cigoñino —se lamentaba.

Su única hija, Valentina, se había casado años atrás, y se había ido a vivir a una tierra llana donde crecía el trigo y los pinares.

Benito se había quedado solo y conforme con sus dos cabras. En las noches de invierno, para no sentir el frío, se las llevaba a dormir a su habitación; luego protestaba de que se hubieran comido los flecos de la colcha.

—Pues vaya destrozo que me han hecho.

Pasaba la jornada ocupado en numerosas tareas; sacar agua del pozo, cavar el huerto, cuajar la leche para obtener queso. A las doce de la noche todavía tenía quehacer.

—A ver si mañana temprano limpio el establo.

Benito estaba limpiando el establo cuando llegó el correo con la carta de Valentina. La leyó el cartero en voz alta, y Benito se enteró del triste suceso. El marido de Valentina había muerto, y ella esperaba que Benito acudiera a su lado para echarle una mano.

"Pues el mucho trabajo que tengo —decía la carta— no me deja tiempo para atender al niño como es debido, y considero que con nadie estaría mejor que con su abuelo. Por la presente le envío el billete del tren, a fin de que se ponga usted en viaje de hoy en ocho, el día catorce de este mes, en que Valentín y yo iremos a esperarlo a la estación."

Benito se había quedado quieto, con la vista fija en un rollo de soga a sus pies. Luego, sin proponérselo, miró, por el hueco de la puerta, hacia la montaña donde él había estado guardando las cabras toda su vida. El cartero le alargó una cartulina rectangular que tenía el color de la paja.

—Ya está aquí el billete —dijo.

Precisamente al día siguiente ocurrió un hecho curioso. Dos

forasteros llamaron de mañana a su puerta, cuando Benito estaba sacando una vieja maleta de cartón. Llevaban unos pantalones andrajosos y deshilachados, y el pelo tan largo que Benito, entre la niebla de sus ojos y el poco dormir de aquella noche, no supo precisar, al instante, si eran hombres o mujeres.

—Nos hemos enterado de que se marcha usted —le dijeron.

Benito se dio cuenta de que llevaba la maleta en la mano y la depositó en el suelo.

—Pronto corrió la noticia.

—Nos lo dijo el cartero.

El uno era hombre y la otra, mujer. Venían de la capital y andaban buscando una casa donde instalarse. No querían vivir por más tiempo en las grandes ciudades sino en una aldea pequeña con dos cabras y un huerto.

—Pensamos que a lo mejor usted querría vendernos la casa.

—¿Y el huerto también?

—El huerto también.

Al primer impulso, Benito los hubiera mandado monte abajo de un empellón; no porque los chicos no le fueran simpáticos, sino porque le daba rabia y pena que unos extraños vinieran a quedarse con su habitación, y con sus pimientos, y con la cama de níquel donde había nacido Valentina, pero enseguida consideró lo tonto que era quedarse contemplando la cama donde había nacido Valentina pudiendo contemplar a Valentina en persona. Y mira por dónde la suerte había traído hasta su puerta a dos forasteros dispuestos a darle un dinerillo por su casa. Y eso siempre venía bien.

—¿Y qué hacemos con las cabras?

—Nos quedamos con ellas.

Benito había mirado con más detenimiento la cara del chico y la cara de la chica.

—Les gusta comer margaritas por primavera.

—Les daremos margaritas.

"Le llevaré la mochila al chico", se dijo Benito. "Y el cuchillo de monte. Y los zuecos"

La mochila iba tambaleándose en el maletero del tren, rebosante de quesos; y a medida que las montañas se iban quedando atrás, el tren se adentraba por una tierra ancha y dorada, y el aire se hacía más frío. Benito no había viajado antes en tren; no había viajado nunca, en realidad, más que cuando salió de la aldea para ir a la guerra, y entonces se lo habían llevado en un camión junto con otros muchachos, tan desconcertados como él, y un sargento de voz poderosa.

—¡Benito Porres!

—Servidor.

—No se dice "servidor". Se dice "a la orden".

—Lo que usted mande.

Lo mandaron a la cocina del cuartel. Benito se pasó la guerra peleando con las papas y las zanahorias, que nunca eran suficientes para tantos soldados hambrientos, y echándole agua a la sopa para que rindiera más.

—Esto se acabó.

Lo metieron en un camión con otros muchachos desconcertados, y lo devolvieron al pueblo. Benito no volvió a acordarse nunca más de la guerra. En cambio, recordaba muy bien

cómo se cura el mal en las patas de las cabras, abriéndoles la pezuña y dejándolas reposar seis días en el establo; salvo que esto, probablemente, ya no le iba a servir para nada.

Benito se puso de pie y salió al pasillo del vagón. El tren era sucio y anticuado, pero Benito suponía que era el último avance de la técnica y lo contemplaba todo con verdadera admiración. El tren era lento y renqueante, pero Benito creía que viajaba a una velocidad de vértigo, y estaba aún más emocionado que aquel día, en su mocedad, cuando fue el primero en escalar el Pico del Muerto. Dos chicos, cargados con mochilas, cruzaron el pasillo y lo saludaron al pasar.

—Buenas tardes.

—Con Dios.

Llevaban pantalones vaqueros y el pelo largo. Uno de ellos lo llevaba tan largo que se lo tenía que recoger en la nuca con una liga para que no le estorbara.

"Éstos son como aquéllos", pensó Benito, recordando a los forasteros que se habían quedado con su casa.

A ambos lados de la vía se extendían ahora los vastos pinares y el aire olía a resina.

Benito divisaba ya, desde la ventanilla, las luces inquietantes de la ciudad. Notaba por dentro un cosquilleo que no le daba descanso, como una mezcla de pena y esperanza.

Lo que hizo fue desentenderse de la pena y dejar que le creciera la esperanza. ◆

Capítulo 2

◆ VALENTÍN recuerda muy bien la primera vez que vio a Benito en la estación. Tenía la cara quemada por el sol y la mirada de un niño perdido. Llevaba puesto un traje muy raro, de los que solamente se ven en las fotografías antiguas, y muy descosido. Tenía las uñas negras y no le quedaban más que dos dientes.

—Parece un pobre.

Sin embargo a Valentín le gustó; le gustó mucho cómo le apretó la mano y el modo en que lo miró, y que fuera un abuelo distinto, que regalaba mochilas llenas de queso y cuchillos de monte.

—Pero, ¿cómo le da eso al chico? ¿No ve usted que se va a hacer daño?

La madre de Valentín agarró a Benito por su cuenta. Lo lavó, lo planchó y lo dejó como nuevo; hasta le compró una dentadura igual que la de los artistas de cine. Pero Benito no se atrevía a salir a la calle porque temía que lo atropellara un coche, y no quería bajar a comprar la leche.

—Si es que apenas veo, hijo; no veo bien para atravesar la calzada.

—Eso es por la niebla. En invierno siempre pasa igual. Dice mi madre que sale del río.

—¿De manera que hay niebla aquí?

—Algunos días. El lunes me levanté y no se veían las casas de enfrente.

Benito pareció más desalentado.

—Pues sí que he venido a buen sitio.

Valentín se apresuró a añadir:

—Por las tardes sale el sol

Poco a poco, Benito fue tomando confianza. Aprendió la dirección de la panadería y a cruzar por el paso de peatones, y se hizo amigo de Matías, el pescadero. A lo que no acababa de acostumbrarse era a aquella niebla que ponía velos grises en las calles de la ciudad y en sus ojos. Cuando Valentín volvía de la escuela, al mediodía, solía encontrarlo deambulando por la cocina, con ese aire de desamparo que tienen los nuevos de la clase el primer día de curso.

—Parece un nuevo.

—Hoy he hecho papas con bacalao —decía Benito—. A ver si te gustan. A la Valentina bien que le gustaban de chica.

—No se dice "la", abuelo. Se dice sólo Valentina.

Por entonces, Valentín no alcanzaba la vitrina todavía. Y Benito tenía que ponerle el plato y el vaso. Valentín se comía las papas rebañando la salsa con un buen trozo de pan, y decía que estaban muy ricas, relamiéndose, para ver

si Benito se animaba un poco. Lo miraba con el rabillo del ojo y veía que no, que no se animaba.

—Puedes ver la tele si quieres.

—Deja. No me hace mucha gracia el aparato ese.

—Ya. Es que a esta hora sólo pasan las noticias. Y es muy aburrido.

Valentín pasaba un trapo húmedo por el mantel, como había visto hacer a su madre. Tomaba la mochila y se disponía a hacer los deberes allí mismo, o a leer un cuento. Benito se sentaba en el taburete, se ponía de pie, abría la ventana del patio, la cerraba y se volvía a sentar. Observaba un rato a Valentín.

—¿Qué dice ahí?

—¿Dónde?

—Dónde va a ser. En ese libro.

—¡Ah! Es un cuento.

—¿Y qué dice?

—Es que ya estoy muy adelantado; cuando ya han descubierto al ladrón de los pavos reales.

—¿Y quién es el ladrón?

—Si te lo digo no tiene gracia. ¿Quieres que lo empiece por el principio? A mí no me importa.

Por toda respuesta Benito acercó más su taburete a la mesa, y mientras Valentín empezaba a leer el cuento desde el principio él iba contemplando las ilustraciones con detenimiento. Se veía un parque donde había niños jugando y pavos reales con las colas desplegadas. En el siguiente dibujo los pavos reales habían desaparecido y los niños estaban buscándolos. Cada vez que intervenía un nuevo personaje, Benito preguntaba:

18

—¿Ése es el ladrón?

Y Valentín le contestaba:

—Si te lo digo no tiene gracia.

—Pues alguno tendría que ser…

Le asombró tanto la historia que parecía como si no acabara de creérsela, como si desconfiara de Valentín.

—¿Y todo eso lo dice ahí?

—Míralo tú.

Benito apartó la cara del libro, con un gesto desabrido, y se puso a mirar para otro lado.

—¿No te lo crees? —insistía Valentín—. Léelo. Léelo.

—¿Qué voy a leer? —masculló Benito—. Yo no sé de letras.

—¿No te sabes las letras?

Por un lado, Valentín estaba sorprendido. Le sorprendía que un señor tan mayor no supiera leer, cuando uno tiene la impresión de que los mayores lo saben todo; pero, por otro lado, él ya se había dado cuenta de que Benito no era un abuelo como los demás; y aunque Valentina le hubiera obligado a ducharse y a cortarse las uñas, esto no cambiaba lo esencial. Ahora Benito era un abuelo limpio, pero distinto.

—¿Y las grandes tampoco?

Benito miró de pasada las letras grandes de la portada. Hizo un gesto negativo.

—Si quieres te enseño —dijo Valentín—. A mí no me importa.

Pero Benito ni siquiera lo intentó, porque las mayúsculas se le volvían moscas delante de los ojos, y las minúsculas, caguitas de mosca.

—Ya ves —refunfuñó—, se me ha gastado la vista sin haberla estrenado.

Esto no era cierto. Benito había empleado su vista en infinidad de tareas, y le había sido muy útil para divisar a la cabra perdida entre los pedregales, la silueta del lobo detrás de las encinas y al gusanillo enroscado que se come las matas de los pimientos en cuatro días, si uno no se anda con cuidado.

—Mañana traigo otro cuento si quieres —sugirió Valentín—. Se lo pido a Gabriela.

Al día siguiente le leyó el cuento de los siete cabritillos, y a Benito le hizo mucha gracia que el más pequeño se escondiera en la caja del reloj.

—Mira qué listo —comentaba.

En la escuela, Valentín se volvió más pedigüeño que nunca. Pedía libros prestados a Gabriela, a Pablo o Ariel y a todo el que se le ponía delante; no le quedaba otro remedio. No podía presentarse en casa con las manos vacías, porque el viejo estaba esperándolo en la cocina, con una bandeja de papas doradas y crujientes, revolviendo, casi a tientas, un guiso de carne y verdura, y según entraba Valentín por la puerta ya le estaba preguntando:

—¿Qué traes hoy?

—Hoy traigo uno de guerra.

Al principio, Benito escuchaba boquiabierto, prendido de la voz del niño, y tan fascinado por lo que oía que no se aventuraba a hablar. Cuando sólo tenía setenta años, Valentín le leyó *La Sirenita* de Andersen y varios cuentos de los hermanos Grimm; a los setenta y uno le leyó *El agujero negro* y *La casa imaginaria.* Y el día que cumplió setenta y dos años, Valentín consideró que ya tenía edad suficiente para escuchar cualquier clase de relato. Por entonces, Benito ya no se conformaba con oír y callar; hacía preguntas y comentarios, quería saber detalles que no venían en el libro, y discutía con Valentín porque no se ponían de acuerdo sobre una historia de piratas.

—Te digo que el tesoro lo ha escondido el chico en la bodega del barco.

—Que no, abuelo. ¿No ves que el chico va con los buenos?

—Algo se trae ése entre manos; te lo digo yo.

—Ya verás cómo no.

—Ya verás cómo sí.

—Pero si es amigo del capitán. No te enteras de nada.

—A mí no me engañan…

Benito iba haciéndose más exigente cada día. Protestaba de que los viejos no aparecieran nunca en los cuentos, y empezó a examinar con prevención los dibujos de los nuevos libros.

—¿Sale algún abuelo?

—Me parece que no.

—Pues sí que…

Los protagonistas de las historias de Valentín casi eran siempre niños; a veces intervenían los padres, algún profesor joven y comprensivo, pero los viejos, nunca.

—Y los viejos somos muy importantes —argüía Benito—. A ver, ¿quién mira por ti mientras tu madre está trabajando? ¿Quién guisa el bacalao? ¿Quién te dice que no te mojes los pies?

En eso Benito tenía razón y Valentín se la daba sin vacilar.

—Tú.

Porque su madre bastante hacía con salir todas las mañanas a ganarse el salario, y como ella misma había dicho, el mucho trabajo no le dejaba tiempo para ocuparse del niño como hubiera querido.

La madre de Valentín se marchaba de casa a las siete de la mañana. Tomaba un autobús que la llevaba hasta la plaza mayor y allí se montaba en otro que atravesaba toda la ciudad, pasaba por los pinares, y a las ocho menos cinco se detenía ante el edificio de la fábrica de galletas. Valentina se metía una bata blanca, se sujetaba el pelo con un gorro, y allí se estaba durante ocho horas envasando galletas rellenas de chocolate. Para regresar tomaba los mismos autobuses, pero en dirección contraria.

Un día volvió a casa con más prisa que de costumbre. Comió poco y de mala manera, y le dijo a Benito.

—Lávese las orejas, que hoy vamos al médico.

—¿Quién va a ir al médico? —rezongó.

—Usted. Me han informado que tiene derecho a que lo atienda un médico. Quiero que le mire los ojos.

—Y si va a mirarme los ojos, ¿qué falta hace que me lave las orejas?

Valentina se atragantó con las uvas que se estaba comiendo.

—Ya está bien, padre; parece usted un crío.

En la sala de espera había mucha gente haciendo cola. Cuando le llegó el turno, Benito entró en la consulta un poco amedrentado. Valentina iba delante de él con el carnet en la mano, y ella le explicó al doctor que Benito no distinguía un autobús de una bicicleta.

—Con la vista que tenía este hombre —suspiraba.

El médico se asomó a los ojos de Benito como si se asomara a dos pozos pequeños.

—Lo que usted tiene son cataratas —dijo—. Debería ir al oculista.

Benito tuvo miedo de quedarse ciego y no se atrevía a hacer ninguna pregunta. Quien preguntaba era Valentina.

—¿Eso es grave?

—Molesto —dijo el médico—. Habrá que operar.

—¿Y quedará bien?

—Es lo más probable.

Menos mal. Benito volvería a contemplar el vuelo circular de los vencejos que entraban en el patio, y a los gorriones alimentando a sus crías en las aceras, junto a las ruedas de los coches. Era lo más probable. Y en las tardes de invierno ya no tendría que preguntarle a Valentín:

—¿Ha levantado la niebla?

Le bastaría con asomarse a la ventana y comprobarlo por sí mismo. Entre tanto, habría de tener paciencia hasta que volviera a salir el sol. Los cuentos de Valentín le ayudarían a esperar. ◆

Capítulo 3

◆ DURANTE LOS días que precedieron a la operación, Benito gruñía más que de costumbre. La niebla de sus ojos había terminado de cerrarse y el pobre habitaba ya en un mundo en sombras; sin embargo se esforzaba por seguir cumpliendo sus tareas, aunque Valentín ya alcanzaba, empinándose, a coger los vasos de la alacena, y había aprendido a hacer tortillas francesas de caprichosas formas. Ése no era el problema. El problema era conseguir los nuevos libros que Benito esperaba.

—¿Seguro que no tienes más? —le preguntaba a Gabriela.

—Que no. Que ya te los he prestado todos.

—¿No te habían regalado otro el día de tu cumpleaños?

—Pero ése todavía no lo he leído.

—Dice mi madre que no te preste más libros —dijo Ariel—, porque luego huelen a sopa de ajo.

—Es que a mi abuelo le gusta mucho la sopa de ajo.

—Por eso.

—Lo mejor es que te hagas socio de la biblioteca —sugirió Pablo—, así puedes leer los cuentos que quieras.

—¿Sí? —se asombró Valentín—. ¿Y qué hay que hacer para ser socio?

Había que hacerse una fotografía en una máquina, y costaba una barbaridad. Eso fue lo que opinó Benito cuando le pidió el dinero. Valentín salió bizco en las fotografías y, al entregárselas a la bibliotecaria de la escuela, tuvo la precaución de ponerse bizco, no fuera a pensar que el de las fotos era otro y lo tomara por un falsificador.

La bibliotecaria pegó dos de ellas con mucho cuidado en sendas tarjetas, anotó unos números y le preguntó su nombre sin mirarlo.

—¿Nombre?

Valentín volvió a ponerse bizco.

—Valentín Martínez Porres.

—Pues ya está —dijo la bibliotecaria; y le entregó una de las tarjetas—. Dame el dinero.

Valentín se quedó aterrado.

—No tengo.

—Bueno, es igual. Me lo traes mañana.

—Pero, ¿ya puedo leer los libros?

—Sí, hombre, sí. ¿Cuál quieres?

Valentín recorrió con la mirada, deslumbrado, los numerosos estantes repletos de libros. Cientos de cuentos, miles de aventuras invitándole a visitar mundos maravillosos. Era como estar en Jauja —Benito no conocía aún la historia del país de Jauja—. Se acercó a una estantería y empezó a leer títulos y a pedir éste y éste, y el otro también, y el de arriba, y aquél…

—¿En qué quedamos? —apremió la encargada—. La biblioteca se cierra a las siete.

Valentín no la oyó, porque él mismo, por su cuenta, iba sacando libros febrilmente y colocándolos, con mucho entusiasmo, sobre la mesa, hasta formar una torre.

—Pero, ¿qué haces? No se puede sacar más de uno cada vez.

Valentín la miró desconcertado y no se acordó de ponerse bizco.

—¿Sólo uno?

—Y tampoco vas a tener tiempo de leerlo hoy. Cerramos dentro de un cuarto de hora.

—Me los voy a llevar a mi casa —explicó Valentín.

La bibliotecaria movió la cabeza negativamente.

—Está prohibido sacar los libros de la biblioteca.

Valentín se sintió súbitamente despojado de un tesoro, arrojado del país de Jauja a la más negra de las miserias.

—¿Está prohibido?

Esta vez la mujer lo miró con un destello de interés.

—Puedes venir a leerlos aquí siempre que quieras.

Comenzó a reponer ordenadamente en su lugar los libros que el niño había elegido. Valentín estaba inmóvil, con una profunda expresión de desencanto.

—Yo sí —murmuró—, ¿pero mi abuelo…?

—¿Qué le pasa tu abuelo?

La torre de libros iba desapareciendo de la mesa con la increíble rapidez de un juego de magia.

—Pues que él no puede venir. Y, además, que está ciego. Y, además, que no sabe leer. Por eso se los tengo que leer yo.

—Lo siento —dijo la encargada—, pero está prohibido.

Sobre la mesa quedaba un único libro forrado de papel azul. Con un ademán inesperado, la mujer lo puso en las manos de Valentín.

—Está rigurosamente prohibido sacar los libros de la biblioteca.

Empujaba a Valentín hacia la salida, y Valentín la miraba perplejo, tan confundido que el libro se le deslizaba de las manos y poco faltó para que lo dejara caer. Ella lo llevaba a empujones hasta la puerta, mientras insistía:

—Así que ya lo sabes. Mañana no me vengas con ésas, porque te diré lo mismo que hoy.

Lo dejó en el pasillo y cerró la puerta de golpe. Valentín se quedó pasmado, sintiendo en las manos el contacto satinado del forro azul. Finalmente se echó a reír. Acababa de darse cuenta de que la bibliotecaria era una mujer excepcional. Y se fue corriendo por el pasillo con el corazón alegre.

—¿Qué me has traído hoy? —preguntó Benito tan pronto como terminó de comerse un melocotón.

—No sé. Todavía no lo he visto.

Valentín sacó el libro de la cartera, buscó el título en la primera página y lo leyó en voz alta.

—Se llama *La historia de Zico*.

—¿Quién es Zico?

—¿Cómo quieres que lo sepa?

Benito tiró a la basura el hueso de la fruta y se acomodó en el taburete.

—Bueno... a ver si en esta historia pintamos algo los viejos.

—Me parece —apuntó Valentín precavidamente—, me parece que Zico debe ser un niño.

—Pues si es así —rezongó Benito—, no estoy dispuesto a esperar a que se haga viejo.

Zico, efectivamente, era un niño; y su historia comenzaba así:

Esto era, una vez, un anciano carpintero, quien, sintiendo acercarse el final de su vida, hizo venir a su presencia a su único hijo y le habló de esta manera:

—Vitorio, hijo mío, ha llegado el momento en que debemos separarnos. No olvides nunca mis buenos consejos y recuerda que, si no te lego riquezas ni fortuna, te dejo, en cambio, el bien más preciado para el hombre: el digno oficio que aprendiste a mi lado en la niñez, con el que ganarás tu pan honradamente.

Dichas estas palabras, el venerable anciano expiró.

Valentín hizo una pausa en este punto para que Benito pudiera desahogarse a gusto. Benito se desahogó.

—Habrase visto qué mala idea. Para una vez que sale un viejo lo matan a las primeras de cambio.

—No lo ha matado nadie —corrigió Valentín—. Se murió él solo.

—Para el caso es lo mismo. —Benito apartó un poco el taburete y se volvió de espaldas—. No le veo yo la gracia a esta historia.

—Espera un poco a ver —dijo Valentín—; y continuó la lectura:

Vitorio lloró piadosamente la muerte de su buen padre, proponiéndose imitar en todo su ejemplo a partir de aquel día; y tomando el martillo y la escuadra se encaminó hacia el pequeño taller donde trabajó sin descanso, a lo largo de los años, con tenacidad y destreza. Pasado el tiempo, Vitorio contrajo matrimonio con una bella joven, y muy pronto su hogar se vio bendecido con la llegada de dos gemelos, un niño y una niña, a los que pusieron por nombre Zico y Rosetta, respectivamente.

—Ya salieron los niños —gruñó Benito.

Valentín puso el dedo índice sobre el renglón que estaba leyendo para no perderse.

—Este cuento va muy de prisa —comentó—. Todavía estamos en la primera página y a Vitorio ya se le ha muerto el padre, ya se ha casado y ya ha tenido dos hijos.

—A saber dónde iremos a parar por ese atajo.

La fama de la honradez de Vitorio y de su maestría en el oficio se había extendido por la comarca, llegando, incluso, a oídos del rey. Los hacendados y los ricos mercaderes visitaban...

Valentín volvió a poner el dedo en la línea y miró a Benito.

—No sé lo que son hacendados.

—¿Quiénes van a ser ? Los que tienen la hacienda, las tierras, el ganado…

—¡Ah!, ya.

Los hacendados y los ricos mercaderes visitaban su taller con frecuencia, encargándole ora un escritorio, ora una mesa bellamente labrada, ora una vitrina cuya pureza de líneas causaba admiración. Vitorio trabajaba desde el alba hasta largo rato después de la puesta del sol, viéndose en la necesidad de ampliar su taller y contratar la ayuda de algunos empleados, para atender, así, las numerosas demandas de sus clientes. La prosperidad reinaba, pues, en su hogar. Sin embargo, Vitorio no era un hombre feliz. Su rostro presentaba, a menudo, una expresión de pesar, y una pena secreta parecía ensombrecer su vida.

Valentín se detuvo un instante. No estaba muy seguro de lo que significaba esa palabra: "demandas". ¿Sería lo mismo que peticiones o encargos? Pero no quería pararse a preguntarlo, porque empezaba a sentir curiosidad por lo que le ocurría a Vitorio. ¿Por qué no era feliz?, ¿qué le pasaba?

Zico, su hijo acababa de cumplir doce años y estaba ya, por tanto, en la edad de aprender el oficio; pero el muchacho, en vez de seguir las sabias indicaciones del padre, se mostraba desobediente y díscolo, prefiriendo

vagar de noche por los bosques de la comarca, sin temor
al ataque de los lobos ni de otras alimañas salvajes.

"Yo tampoco tendría miedo de los lobos", pensó Valentín.

—Eso habría que verlo —dijo Benito al instante.

Valentín lo miró atónito. No era la primera vez que Benito le adivinaba el pensamiento, porque Benito no era un abuelo corriente y podía hacer cosas que no hacían los demás: pero, aun así, resultaba asombroso.

—En una ocasión me fue siguiendo un lobo desde el encinar hasta la puerta de casa —contó Benito—. Él iba por el rastrojo y yo por la senda. A ratos lo tapaban los matorrales, pero yo sabía que él seguía allí, avanzando a la par que yo. Paraba yo un momento, y se paraba él. Reanudaba yo la marcha, y la reanudaba él.

Valentín se olvidó por completo de *La historia de Zico*.

—¿Y qué hiciste?

—¿Qué había de hacer? Aguantar.

En el patio, una voz de mujer rompió a cantar una copla española. Valentín se levantó de un brinco y cerró la ventana para oír mejor a Benito.

—Que el animal no olfateara el miedo, ésa era la cuestión. De cuando en cuando yo lo miraba de soslayo, y él me miraba a mí. Pero yo, con la cabeza alta, sin avivar el paso; yo, a mi ritmo.

Valentín abría los ojos de par en par y contenía el aliento.

—¿Te persiguió mucho tiempo?

—Ya te digo, desde el encinar al pueblo. Unos tres kiló-metros serían.

—¿Y no tenías miedo?

—Miedo es poco. Me acuerdo que entré en casa, estaba allí tu abuela tejiendo una bufanda, y tu madre, que entonces sería poco mayor que tú, ayudándole a devanar la madeja. Atranqué la puerta y no pude pronunciar palabra. Tu abuela me preguntaba: "¿Qué te pasó, que vienes tan descompuesto?" Y yo sin decirle nada.

—¿Por qué?

—¿No te digo que no podía hablar? Hasta la mañana siguiente no recuperé la voz.

—¿Y eso por qué sería?

—Del susto sería.

Valentín estaba admirado de que su abuelo fuera tan valiente y, a la vez, pasara tanto miedo. Pensó que él también habría pasado miedo; sin embargo, Zico no temía "al ataque de los lobos ni de otras alimañas salvajes". Zico debía tener muy poco sentido común. Claro que ya había cumplido doce años, y Valentín todavía no tenía los nueve; faltaban dieciocho días para su cumpleaños. Pero aun así, aunque ya tuviera doce años, ¿que estaría haciendo Zico vagando durante la noche por los espesos bosques de la comarca? ◆

Capítulo 4

◆ *TODAS LAS tardes, tan pronto como oscurecía, y mientras sus compañeros de juego se apresuraban a regresar al hogar, Zico salía de su casa y permanecía fuera por espacio de un par de horas, causando a sus padres una gran inquietud. Una noche estrellada de verano, hallándose ya los padres retirados en su aposento, oyeron que el muchacho abría cautelosamente la verja de atrás y abandonaba la casa como un ladrón.*

—No toleraré por más tiempo este extraño comportamiento —dijo Vitorio a su bella esposa—; pues mucho me temo que Zico ande metido en malos pasos de los que algún día tenga que lamentarse.

—Zico es un buen muchacho —respondió la mujer—. Aunque no he de negar que su actitud me tiene muy preocupada.

—Me pregunto si acudirá a reunirse con los cazadores furtivos que se amparan en la oscuridad de la noche para

cometer sus fechorías —añadió Vitorio con expresión pensativa.

—¡Oh, no! —exclamó la mujer—. Zico teme tanto al ruido de los disparos como al fragor del trueno.

—Tal vez vaya a robar leña al bosque, como lo hacen otros muchachos, para venderla luego en el palacio, y obtener de este modo algunas monedas.

—Si así fuera, yo le habría visto gastar esas monedas en adquirir dulces y golosinas.

—Pues bien —dijo Vitorio resueltamente—, esta misma noche saldremos de dudas.

Y encendiendo un farol salió, sin más tardanza por la puerta de atrás. Tomó la dirección del bosque y se encaminó hacia el sendero por donde unos minutos antes se había adentrado el muchacho.

Valentín se interrumpió, porque notó claramente, incluso antes de levantar la mirada del libro, que Benito no estaba escuchándolo. Benito, en efecto, se había puesto a llenar de agua una cacerola, sin importarle el ruido que hacía.

—¿No te está gustando?

—No. Ya me he cansado de que no salga ningún viejo.

—Vitorio es bastante viejo —dijo Valentín conciliadoramente—. Lo menos tendrá cuarenta años.

Benito se volvió hacia él con tanta brusquedad que se derramó el agua encima.

—¿Y eso te parece a ti que es ser viejo? —tenía una expresión desafiante y Valentín no se atrevió a contestarle que sí—.

A los cuarenta años me descolgaba yo por el Pico del Muerto más veloz que una cabra, y era capaz de robarle los huevos al águila en sus mismas narices. En su mismísimo pico, se entiende.

Agarró un trapo y se puso a secarse la pechera de la camisa con gestos malhumorados.

—Pues sí que...

Valentín comprendió que no era el mejor momento para discutir el asunto. Buscó con la mirada el renglón perdido.

—¿Por dónde íbamos?

Benito había cerrado el agua y estaba colgando el trapo en el clavito de la pared; a pesar de todo dijo hoscamente:

—Estábamos en que el padre se ponía en camino.

—"Por donde unos minutos antes se había adentrado el muchacho" —leyó Valentín.

La noche era de agosto, cuando los astros brillan en todo su esplendor y luminosos cometas cruzan el firmamento; pero Vitorio no reparaba en su belleza, sumido, como estaba, en hondas cavilaciones: y a medida que se aproximaba al bosque sentía crecer su inquietud. Se oyó en la lejanía el grito del chacal, y las siluetas de los árboles aparecieron, oscilantes y negras ante sus ojos.

Vitorio experimentó, por un instante, la tentación de llamar a su hijo a grandes voces, pues el silencio del lugar era sobrecogedor y consideró, con espanto, los graves peligros que acechaban al imprudente chiquillo.

—Mas no lo haré —se dijo, recapacitando—. Es preferible que él no advierta mi presencia.

Y se puso a recorrer, penosamente, las engañosas direcciones del bosque. Durante largo rato no halló otra compañía que el eco de sus propias pisadas y el canto escondido del búho. De súbito, en un claro de la arboleda, descubrió a Zico. El muchacho no se percató de su llegada. Tenía el rostro levantado hacia el cielo, y una infinidad de estrellas se cernían sobre él.

—¿Qué es esto, hijo mío? —exclamó Vitorio sin poder contenerse por más tiempo—. ¿Qué vienes a hacer aquí a tales horas?

Zico se volvió hacia él como si despertara de un profundo sueño.

—Vengo a mirar el cielo —respondió serenamente—. Quiero aprenderme el nombre de cada estrella, distinguir unas constelaciones de otras y descubrir los secretos del universo.

Estas palabras causaron un gran pesar al honrado carpintero, pues nunca había oído a nadie expresarse en semejantes términos. Persuadió al muchacho para que regresara con él; durante el camino, Zico le confió que llevaba ya un año dedicado al estudio del firmamento, y que poseía varios libros que reproducían ilustraciones de planetas y galaxias. Todo ello disgustó sobremanera a su buen padre.

—Un carpintero —dijo éste— no dispone de tiempo para contemplar las estrellas, pues debe trabajar a la luz del día y cuando oscurece ha de entregarse al descanso para reponer sus fuerzas.

—Por esa razón yo no seré carpintero —respondió el muchacho con firmeza—, si ello me va a impedir llevar a cabo mi trabajo.

Vitorio no era un hombre irascible, pero en esta ocasión...

Valentín pasó la hoja del libro y miró a Benito.

—¿Qué es "irascible"?

Benito se había puesto a canturrear por lo bajo, se encogió de hombros y contestó de mala gana:

—Digo yo que será lo mismo que iracundo.

—¿Y qué es "iracundo"?

—Cuando te da el arrebato y te pones hecho un basilisco.

"Otro día le preguntaré lo que es un basilisco", pensó Valentín.

Y reanudó la lectura:

...Pero en esta ocasión hubo de hacer un gran esfuerzo para no dejarse llevar por la cólera. La luz del amanecer clareaba ya en el horizonte, y Vitorio condujo a Zico hasta el taller que él había ampliado con tanto esfuerzo, y donde los fieles empleados se disponían a iniciar una nueva jornada de trabajo.

—Heredé de mi padre un mísero taller —dijo Vitorio a su hijo—, y a costa de mi sudor yo lo he convertido en el más importante de la comarca, con el fin de que algún día fuera tuyo. Aprendí el oficio junto a mi padre, y tú lo aprenderás junto a mí.

—Aprenderé el nombre de las estrellas —replicó el obstinado muchacho—, y descubriré los secretos del universo.

Viendo Vitorio que con buenas razones no lograría hacerle cambiar de opinión, mandó que fuera encerrado durante tres días en la carbonera de la casa, sin más alimento que un pedazo de pan y un cuenco de agua...!

—¡A pan y agua! —se indignó Valentín en voz alta—. Mi padre no me hacía esas cosas.

—Ni tu abuelo —saltó Benito, agitando la mano como si estuviera dirigiendo una orquesta—. Si hubiera tenido un abuelo las cosas hubieran ido mejor para ese muchacho, pero no. Había que quitar de en medio al anciano carpintero. ¿Y la bella esposa? ¿Es que la bella esposa no tiene un padre y una madre? Claro que los tiene, pero como son viejos no salen en el libro.

"Pues, ¿sabes lo que te digo? —Benito miraba a Valentín sacudiendo la cabeza arriba y abajo—. ¿Sabes lo que te digo? Que ya no quiero leer esa historia, y que me importa un pepino lo que le pase al chaval, ea.

—Pero, abuelo...

—Nada, hombre; ya estoy harto de que me hagan de menos.

Valentín estaba muy desconcertado por el arrebato de Benito, y aunque no tenía ni idea de lo que era un basilisco, hubiera asegurado que Benito se había puesto, justamente, hecho un basilisco. En ese momento oyó el ruido de la llave girando en la cerradura, y se sorprendió de que su madre volviera tan pronto esa tarde.

—¿Cómo vienes tan pronto?

—Tengo cosas que hacer.

Valentina dejó una bolsa de verduras sobre la mesa y miró a Benito, que la había saludado secamente y con poca gana de conversación.

—¿Qué le pasa a usted?

—Se ha disgustado —dijo Valentín.

Su madre le hizo señas , y el niño la siguió hasta la sala.

—Está nervioso porque esta tarde vamos al hospital —dijo ella en voz baja.

—¿Van a operarlo ya?

—Seguramente mañana por la mañana.

Valentín se lavó los dientes, preparó los libros del colegio y metió en la cartera *La historia de Zico*. Benito permanecía sentado, con los codos apoyados en la mesa de la cocina.

—Entonces, ¿devuelvo el libro? —preguntó el niño desde la puerta.

—Por mí… Yo no pienso leerlo.

Valentín se acercó a él y lo besó en la mejilla.

—A la abuela de Pablo también la operaron de cataratas, y dice Pablo que está como nueva.

Benito masculló entre dientes cualquier cosa que no se entendió. Estaba inmóvil y rígido, como si temiera que al menor movimiento se le fuera a notar el miedo, o el cariño.

—¡No olvides traer la leche cuando vuelvas! —voceó la madre de Valentín desde su dormitorio.

Valentín ya estaba abriendo la puerta de la calle.

—No, mamá —contestó.

Le daba pena desprenderse del libro sin saber lo que había sido de Zico. Allí mismo, de pie, en la biblioteca, hojeó apresuradamente un par de páginas, y se enteró de que el niño se había dado por vencido, que estaba trabajando de aprendiz en el taller de su padre desde el alba hasta la puesta de sol, y que tenía en los ojos como una nostalgia de estrellas.

—¿Quieres otro? —preguntó la bibliotecaria colocando en el estante el libro forrado de azul.

—Sí, pero que salgan viejos —precisó Valentín—, es para que le guste a mi abuelo.

La bibliotecaria se quedó mirándolo un momento y se notaba que había comprendido enseguida y no necesitaba más explicaciones. Se fue derecho al panel del fondo, se subió en la escalerilla y alcanzó un libro de pastas brillantes que tenía en la portada el dibujo de un hombre viejo y un niño agarrados de la mano.

—*El pequeño lord* —leyó Valentín.

—Naturalmente, no pensarás llevártelo a casa —dijo la bibliotecaria—. Ya sabes que está prohibido.

Y, esta vez, Valentín no esperó a que ella lo condujera, a empujones, hasta la puerta, sino que se apresuró a marcharse por su cuenta, apretando el libro contra el pecho.

—Está terminantemente prohibido —la oyó decir, todavía, desde el pasillo. ◆

Capítulo 5

◆ DESDE QUE le operaron las cataratas, Benito ha recuperado su buen humor. Le encanta el colorido de las calles, el brillo de los escaparates, la luz de las plazas; tiene la sensación de que el mundo estuviera recién estrenado, y ya ni siquiera le molestan las últimas nieblas de primavera.

—¡Bah!, enseguida levantan.

Ha descubierto que el cielo de la ciudad es azul y que casi siempre luce el sol, y es capaz de avistar, desde el barrio, el nido de la cigüeña en la torre de la catedral. Curiosamente, se diría que no sólo le ha mejorado la vista, sino también la voz; ahora discute más alto con el pescadero; e incluso la puntería: ya ha quedado tres veces campeón de bolos en un mes. Lo que no ha mejorado nada es su disposición para arreglar los útiles que se estropean.

—¡Padre!, que se ha atrancado la persiana de mi dormitorio. Venga usted a echar una mirada, a ver lo que pasa.

Benito va a echar una mirada a la persiana, que se ha atrancado a mitad de camino, y ni sube ni baja; la empuja con las manos, tira de la correa, y por más que la mira no pasa nada. La persiana sigue sin subir ni bajar.

—¿Así es cómo va a repararla? Necesitará un destornillador.

—Si es que no entiendo yo estos aparatos…

A regañadientes, afloja un calvo, forcejea otra vez con la correa. La persiana se cierra estrepitosamente y la habitación de Valentina se queda a oscuras.

—Pues la ha hecho usted buena.

—No te apures, mujer. Ya avisaré mañana a un carpintero.

Valentina se enfada un poco, porque todavía se acuerda del último desastre, cuando Benito se puso a cambiar el foco del cuarto de baño, que se había fundido, y se fundieron todos los demás, a causa de una misteriosa avería que el electricista tardó tres días en localizar. Valentina estaba perpleja.

—Pues si no había más que cambiar el foco…

Tres días en que se alumbraron con velas y linternas, y las paredes de la casa se poblaron de silenciosos visitantes. Benito le contó a Valentín que allá, en su tierra por detrás del Pico del Muerto, aún había pueblos pequeños que no disponían de agua corriente ni de electricidad en sus viviendas. Valentín no lo comprendía del todo.

—O sea, ¿que abres la llave del agua y ni sale?

—Qué llave vas a abrir, si no hay ninguna.

—¿Y enciende la tele y no funciona?

—¿Cómo van a encender la tele?, ¿con una cerilla? Mira que eres zoquete.

Valentín se enfurruñó. No era culpa suya si no lo entendía.

Era que Benito explicaba mal las cosas, decía palabras des-
conocidas y hablaba de utensilios que ya no usaba nadie,
como las lámparas de aceite.

Decidieron vivir durante tres días igual que los habitantes
de aquellos pueblos remotos que había detrás del Pico del
Muerto, sin servirse tampoco de agua, ya que les faltaba luz
eléctrica. Y, para beber, bajaron a llenar un cántaro en la fuen-
te de la plazuela.

—Es que está más fresquita —le explicaron a Valentina.

En cuanto volvió la luz y desaparecieron los callados mora-
dores de las paredes, Valentina descubrió, con sólo mirarlos, que
llevaban tres días sin lavarse, como si en la casa no hubiera agua
corriente; y los obligó a darse una ducha más que de prisa.

—Parecen sombras chinescas.

Cosas como ésta suceden cada vez que Benito se mete a
reparar algo y, por menos de nada, organiza un lío con las
cuerdas del tendedero, termina de estropear el picaporte de la
sala, y luego se marcha, tranquilamente, a pasear por los
pinares que están en la otra punta de la ciudad.

—¿A qué tiene que marcharse tan lejos? —protesta Valentina—. ¿No hay un pino aquí mismo, en la plazuela? Y
bien hermoso que es.

—No es lo mismo.

Lo que le gusta a Benito es caminar durante largo rato, y
sentir el olor de la resina, y el suelo espinoso y crujiente bajo
sus pies, y el silencio traspasado de sonidos que son como
cantares. Algunos días roba una piña para traérsela a Valentín;
la meten en el horno y la piña se abre dejando salir los piño-

nes. Valentín se los come mirando el programa de la televisión; se los comen entre él y su madre, porque Benito, en cuanto empieza la película, va bajando la cabeza poco a poco hasta que se queda dormido. No encuentra la gracia a la televisión.

—Donde estén los libros…

Esta semana está muy entretenido con *La isla del tesoro*. No ha vuelto a acordarse de Zico para nada ni le preocupa la suerte que haya podido correr; en cambio, Valentín se acuerda algunas veces, sobre todo cuando la gente le pregunta lo que va a ser de mayor. Valentín no tiene ni idea de lo que va a ser de mayor, pero contesta, sin vacilar, que astrónomo o cosmonauta; ni él mismo sabe por qué; quizá porque le da rabia que a Zico no le dejaran serlo. El padre de Valentín era albañil, y en la sala hay una fotografía donde se le ve subido en el andamio con otro compañero. Están tomados por el hombro y apenas se les distingue la cara. Sin embargo, la madre de Valentín no quiere que él sea albañil. Dice que no le está dando estudios para eso.

—Tu padre quería que tú tuvieras estudios, y que te labraras un porvenir como es debido.

Parece que para labrarse un porvenir como es debido hay que montar menos en la bicicleta de Ariel y no usar tanto los patines de Pablo, ni perder el tiempo contemplando las orugas de Gabriela. Qué se le va a hacer. Y además hay que apagar la televisión.

—¿No me oyes, Valentín? ¡Que apagues la tele y te pongas a estudiar!

—Un momento, ¡que ya van a aterrizar los astronautas!

Benito levanta los párpados como dos diminutas persianas. En la pantalla, tres naves espaciales, con forma de cohete, surcan el espacio más veloces que la luz.

—¡Mira! ¿Por dónde van ésos?

—Por la atmósfera. Van a alunizar en la luna.

—Pues ya han corrido —se admira Benito. Y añade inesperadamente—: Igual va Zico en uno de esos aparatos.

—No —responde Valentín.

Es la primera vez que Benito ha hecho una alusión al cuento interrumpido.

—Anda, ¿y por qué no?

—Se quedó trabajando en el taller de su padre. Lo decía el libro.

Las naves se acercan al satélite y, a pesar de que una de ellas sufre serias dificultades para alunizar, Benito no presta atención.

—Así que leíste el libro…

—Sólo una página. No me dio tiempo a más.

—"No comprendo lo que está ocurriendo —dice el piloto en primer plano, con la voz muy alterada—. ¡Los mandos no obedecen!"

Entonces empieza la publicidad, y Valentín tendrá que aguardar a mañana para ver cómo sale de ésta el valiente astronauta; así que apaga al televisor y va poniendo sus libros y cuadernos sobre la mesa de la sala, con un aire distraído, como pensando en otra cosa.

—¿Sabes tú lo que hay después del cielo? —pregunta a Benito.

—¿Después del cielo?

—Cuando se acaba ¿qué hay?

—Qué sé yo. Habrá un pozo.

—¿Y después del pozo?

Quién sabe. Valentín se queda pensativo, navegando interminablemente por un universo infinito. Piensa tanto que se marea y tiene que dejar de pensar.

—Eso es lo que quería descubrir Zico —dice. ◆

Capítulo 6

◆ BENITO NO trae solamente piñas a casa. Algunas tardes se presenta con hierbas olorosas que, según él, remedian cólicos, indigestiones y la falta de apetito. Como en la casa todos disfrutan del hambre necesaria a la hora de comer, las hierbas se van secando por los rincones, expandiendo un aroma de bosque; también trae piedras de formas insólitas, llaves herrumbrosas que olvidaron el camino de sus cerraduras, relojes sin manecillas, y hasta una perdiz que, dice, andaba perdida por los caminos del pinar. La perdiz se escapa de la caja de cartón, se esconde por las habitaciones y da mucho que hacer; pero Benito y Valentín están tan entretenidos con ella.

—¿Y el carpintero? —interviene Valentina—. ¿No le dije que avisara a un carpintero para que me arregle la persiana?

—Hay tiempo, mujer. Ahora voy con el chico.

La carpintería de la calle, la que está nada más pasar el cine, tiene en la puerta un letrero que dice: "He ido a un recado. Enseguida vuelvo". Benito y Valentín se lo creen y esperan un

buen rato, mirando los carteles de la película; pero el carpintero no vuelve.

—¿Dónde habrá ido a hacer el recado?

Matías, el pescadero, ya está recogiendo la mercancía del escaparate, para guardarla en el frigorífico hasta el día siguiente. Los saluda desde la puerta mientras se limpia las manos con al mandil verde.

—¿Qué?, ¿de paseo?

—Aquí, aguardando al carpintero; pero parece que tarda.

—Ése ya no vuelve, hombre. Ése se pone a jugar la partida y ya no se acuerda del negocio.

"Así nunca ampliará sus talleres como Vitorio", piensa Valentín, "ni los hacendados del lugar, ni los ricos mercaderes le encargarán ora un escritorio, ora una mesa bellamente labrada."

Siguiendo las indicaciones de Matías, Valentín y Benito se marchan a buscar otro taller cuatro calles más arriba, entrando por la primera de la izquierda, donde el semáforo.

—Tenemos que comprar la comida para la perdiz.

—A la vuelta hay tiempo.

Las acacias de las aceras tienen flores blancas, y ya están criando las golondrinas que vinieron del sur. Hay muchos niños jugando en la plazuela.

—Mira, ahí está el taller.

El local es pequeño, la puerta está abierta y hay que bajar dos escalones; pero Benito se detiene a la entrada con un gesto de sorpresa. Guiña un poco los ojos para asegurarse de lo que está viendo y le da un codazo a Valentín.

—¿Te has fijado?

—¿En qué?

—En el chaval ese.

Un niño de unos doce años cepilla afanosamente una tabla, tan concentrado en su tarea que no repara en ellos. El suelo está cubierto de virutas y serrín.

—Será el del cuento?

—¿Zico?

—Así se llamaba, ¿no?

Valentín piensa que Benito está haciéndose un lío al suponer que los personajes de los cuentos andan por las calles, como las personas corrientes, y que es posible encontrarse con ellos en cualquier esquina. Intenta aclararle las ideas.

—No, abuelo; eso pasaba en el libro.

—Te digo que es el mismo —insiste Benito—. No representa más de doce años; y date cuenta de lo flaco que está. ¿No ves que se ha pasado tres días a pan y agua?

Es verdad. El chico es menudo y delgadillo; en cambio, tiene unos ojos enormes, como si le hubieran crecido de tanto mirar al cielo. Valentín, sin embargo, no las tiene todas consigo.

—No es éste, abuelo.

—Eso está por verse.

De pronto, cruza entre ellos, precipitadamente, una señora muy acalorada, con una maceta en brazos. Asoma la cara por detrás de un ficus gigantesco, dirigiéndose al muchacho:

—Ciriaco, hijo, ¿habrá ido tu padre a llevarme el armario?

El chico levanta un momento la mirada hacia ella.

—Hace rato que salió para allá.

—¡Vaya por Dios! Me voy corriendo a ver si lo alcanzo.

Se va corriendo con su ficus, y los transeúntes tienen que apartarse para dejarla pasar. Valentín le dice a Benito en voz baja pero cargada con todo el peso de la evidencia:

—¿Lo ves? Éste se llama Ciriaco.

—Naturalmente. No querrás que figure en el libro con su verdadero nombre.

—¿Por qué no?

—Los nombres vulgares no sirven para eso. ¿Dónde has visto tú que el protagonista de un relato se llame Benito o Valentín? Los cambian por otros más bonitos. Además —Benito se pega a la pared para ceder el paso a una pareja de novios—, además, ¿a que no has reparado en el detalle? Fíjate cómo se llama: Ciriaco. Comprimes el nombre como un acordeón, ¿y qué te queda?

—¿Qué me queda?

Valentín lo mira absorto y desorientado. Benito separa las manos y luego las va acercando lentamente como si cerrara un acordeón.

—Cico. Eso es lo que te queda. El principio y el final.

Es admirable lo inteligente que es Benito. Valentín jamás se hubiera dado cuenta de ese detalle. Observa al muchacho discretamente.

—¿Y qué vamos a hacer?

—Arreglar el asunto. No me quedé conforme con el final de la historia.

—No era el final. Tú no me dejaste terminarla.

—Es lo mismo. Esto lo termino yo a mi manera.

—El muchacho sigue deslizando el cepillo adelante y atrás,

bien ajeno a que su suerte va a decidirse de un momento a otro. Valentín se pregunta lo que estará planeando Benito, cuando el padre de Ciriaco irrumpe alegremente en el taller. Su aspecto no concuerda con la idea que se había hecho Valentín. Él había imaginado a Vitorio alto y fornido, con los musculosos brazos al aire, un cuello poderoso y un rostro grave capaz de imponer respeto a los demás. Este hombre es bajito y vivaz, lleva un suéter cerrado hasta el cuello, que le está demasiado grande, y los saluda con una sonrisa cordial, al tiempo que toma un martillo de la repisa.

—¿Qué hay?

—Pues, la persiana —se apresura a intervenir Valentín— se ha roto.

Pero Benito se ha plantado ya en medio del taller, con amplios ademanes de comediante que dejan pasmado a Valentín. Extiende los brazos agita la cabeza y se lleva una mano a la frente como si estuviera abrumado por un gran dolor.

—¡Pobre muchacho! —se lamenta—. ¡Pobre muchacho! Se le parte a uno el corazón viendo a esta infeliz criatura soportar en silencio su infortunio, sin una queja, sin una sola lágrima.

Es como estar en el teatro. Al oírlo, uno se siente contagiado de su tristeza y padece por el infortunado muchacho. Ciriaco y su padre miran desconcertados en su torno, buscando a la infeliz criatura. Como no encuentran ninguna otra, se dirigen a Valentín llenos de solicitud.

—¿Qué te pasa?

—¿Qué te sucede?

—¿A mí? —balbucea Valentín, mientras retrocede.

Benito lo toma por el hombro y se enfrenta acusadoramente al carpintero.

—A éste no le pasa nada. Es al suyo. Su hijo es el que da compasión.

El padre de Ciriaco se vuelve rápidamente hacia su hijo. Lo examina. Observa con inquietud su cara, sus manos, su cuerpo. Lo atrae hacia sí.

—¿Qué ocurre? ¿Te has cortado con la sierra?

—¿Yo?, yo no me he cortado.

—¿Te has hecho daño con el escoplo?

—Yo no —asegura Ciriaco abriendo los brazos para que se vea bien que él no ha sufrido ningún desperfecto. Su padre empieza a ponerse de mal humor.

—Entonces, ¿de qué rayos te quejas?

Ciriaco no sale de su estupor.

—¿Me quejé yo?

Y es como si hubiera dicho la frase adecuada para que Benito pueda darle la réplica y continuar su representación.

—¿De qué le serviría? —clama apesadumbrado—. Ni sus ayes ni sus lamentos han logrado evitar su desgracia.

El padre de Ciriaco enarbola el martillo con firmeza. Se diría que su espalda se ha ensanchado y que sus hombros se han vuelto tan poderosos como los de Vitorio. Da la sensación de que se le ha agotado la paciencia.

—Oiga, pero, ¿de qué desgracia está usted hablando?

—¿Le parece poco? Retener a este ángel de Dios aquí encerrado, cuando su sueño era volar hacia las estrellas.

—¿Volar?

De pronto, la espalda del carpintero ha recuperado su tamaño normal, y vuelve a ser un hombre bajito y confundido. Mira a su hijo, interrogante. Ciriaco se encoge de hombros con extrañeza.

—No sé lo que dice.

—Nunca mencionaste que desearas ser aviador.

—Astrónomo —puntualiza Benito—. No compliquemos más el asunto. Lo que el chico pretende es saber hacia dónde está Marte, más o menos, averiguar el tiempo que lleva alumbrando la estrella Polar y otros pormenores semejantes. Y saber lo que hay cuando se termina el cielo —concluye.

—¿Cuándo se termina el cielo? —Ciriaco está boquiabierto—. ¡Menudo acertijo! No quisiera tener que hacer esa clase de trabajo.

Benito suspende en el aire una mano que vagaba de acá para allá recorriendo los caminos del firmamento. Ha dejado de ser aquel viejo cómico que vio un día, de chico, actuando en la plaza de su pueblo, y ha recuperado la actitud del Benito de siempre.

—¿Cómo que no?

—Como que no —dice Ciriaco rotundamente—. Porque ese trabajo no se acaba nunca. Tienes que pasarte la vida investigando. Y, sobre todo, no se puede tocar con las manos.

Toma una silla a la que falta el asiento, la pone frente a él y, mientras habla, va acariciando las patas y el respaldo, percibiendo en la piel el tacto conocido y cálido de la madera.

—Me gusta mi trabajo —dice—. Te pones a hacer una silla por la mañana, y por la tarde ya está acabada. Puedes verla y tocarla; y hasta te puedes sentar, si se te antoja.

A palabras tan atinadas no hay más comentarios que hacer. Es evidente que se han equivocado, y que este Ciriaco no es el Zico de la historia; pero a Benito le cuesta mucho admitirlo y aún se encara con el carpintero.

—¿Se da usted cuenta? No hay nada peor que torcer la vocación a un chico.

—¡Bah! —exclama Ciriaco—, peor es que se tuerza una pata.

Y no se sabe si se refiere a la silla o a él mismo; su padre, por su parte, no ha conseguido enterarse de nada.

—Pero vamos a ver si lo entiendo. ¿A qué cuento viene esto?

—Viene a cuento de Zico —empieza a explicarle Valentín—. El padre de Zico también es carpintero, y el abuelo; pero Zico no quiere ser carpintero y lo tienen tres días encerrado en la carbonera a pan y agua.

—Un momento —Benito levanta una mano imponiendo silencio; luego se acerca al padre de Ciriaco con una mirada escrutadora, como si fuera a decir algo de gran trascendencia—. ¿Cómo se llama usted?

—Casimiro Fuentes. ¿Por qué?

—Haberlo dicho, hombre. Nos hemos equivocado de persona.

Se da la vuelta resueltamente. Toma a Valentín de la mano y lo lleva hacia la salida. Allí se detiene unos instantes, sonriendo con amabilidad al perplejo Casimiro Fuentes.

—Usted disculpe —dice.

—¿Y mi persiana —pregunta Valentina tan pronto como les abre la puerta—. ¿Qué pasa con mi persiana? ◆

Capítulo 7

◆ EN TODO el mes no han vuelto a hablar de Zico. Bien es cierto que han tenido otras cosas en que pensar. La noche del último martes Benito se presentó en casa con dos patos, un bolígrafo sin tinta, un collar de cuentas de vidrio de siete colores y una linterna que funciona sólo cuando quiere. Respecto a los patos dio la explicación de siempre.

—Andaban perdidos por el pinar.

Valentina se enfadó.

—Vamos, padre, no me venga con cuentos. ¿Cómo iba a encontrarlos en el pinar si no hay una gota de agua allí?

—¿No te estoy diciendo que se habían perdido?

Valentina lo dejó por imposible y se fue a preparar la cena. Lo que le molesta es que Benito traiga a casa tantas cosas raras, "trastos", como ella dice; cajitas, rodamientos y algún que otro objeto sin identificar.

—Esto parece de la rueda de un coche.

—A mí me parece una tapadera.

—Un basurero, eso es lo que parece este cuarto.

En cambio, la situación de Valentín ha mejorado mucho gracias a las propiedades de Benito. Ha dejado de ser el pedigüeño de la clase; y cuando sus amigos vienen a su casa se quedan maravillados a la vista de tales tesoros.

—¡Qué caja tan fantástica! Te la cambio por una oruga.

—Si me dejas dar un paseo en zuecos, te presto la bici.

—¿No querías mi lupa?. Anda, quédate con ella hasta el domingo y dame un frasquito de ésos; el verde.

—¡Jo! —comenta Gabriela abrumada—. Y decías que eras pobre...

Hay una niña nueva que llegó a la escuela a final de curso, poco antes de las vacaciones de verano, y parece bastante torpe. Aunque es mayor que Valentín, casi nunca se sabe las lecciones y confunde Islandia con Finlandia. Si le preguntan quién era Cervantes, se pone colorada y no responde. La niña nueva, que se llama Rosetta, está haciendo girar los rodamientos, frotándolos con la palma de la mano. Las bolas toman impulso y giran velozmente.

—Con esto podríamos hacer una patineta, ¿verdad, Valentín?

—Sí, pero no tenemos tabla.

—Buscamos una.

Rosetta ha encontrado una tabla muy apropiada, Dios sabe dónde. Con el cuchillo de monte que Benito regaló a Valentín termina de suavizar los bordes; se sirve de un eje para encajar las ruedas y el vehículo se desliza limpiamente calle abajo. Se montan por turno, de dos en dos; y al final de la cuesta frenan con las manos y los pies.

—¡Estos chicos se van a matar! —vocea, muy alarmada, una señora que sale de la panadería.

—Qué se van a matar —replica el portero del cine—. Éstos tienen siete vidas, como los gatos.

Pero también los gatos se lastimarían las patas si se cayeran de una tabla rodante, y Rosetta está estudiando un sistema para poner un freno.

—¿Y un volante? —sugiere Pablo—. ¿No sabes hacer volantes?

—Podíamos poner almohadas en la calle —apunta Gabriela, frotándose la parte dolorida—, así caeríamos en blando.

Como está empezando a oscurecer, deciden dejar los proyectos para el día siguiente. Rosetta vive bastante lejos y tiene que ir en autobús. La acompañan hasta la parada, y la ven subirse echando hacia atrás su pelo dorado con un movimiento breve de cabeza.

—No sabrá nada de geografía —comenta Pablo con admiración—, pero hay que ver lo lista que es.

Valentín no sólo está de acuerdo sino que además opina, secretamente, que Rosetta es la chica más guapa de la escuela. Esta tarde la ha oído reírse por primera vez a carcajadas, cuando se cayeron Gabriela y Ariel; y su risa le ha gustado tanto como un refresco de naranja con burbujas.

Mientras sube las escaleras, Valentín va pensando en ayudarle a hacer los ejercicios de matemáticas el próximo curso para que no le vuelvan a poner un cero. Aprovechando que su madre está muy ocupada tendiendo la ropa, esconde la

patineta debajo de la cama de Benito. Es muy raro que Benito no haya regresado a estas horas.

—Valentín, ve poniendo la mesa, hijo, que ya estará al llegar el abuelo.

Valentín va poniendo la mesa, y su madre empieza a freír los boquerones rebozados en harina. Chisporrotea el aceite y el humo les raspa las gargantas.

—A ver lo que nos trae hoy —dice Valentina, pensando en Benito. Por el patio se oye cantar a la española del tercero. Valentina mira el reloj. Aunque todavía queda un rastro de luz, porque los días son largos, ya son cerca de las diez y media. Su madre apaga el fuego y vierte el aceite hirviendo en la aceitera.

—Sí que tarda.

Los boquerones se enfrían sobre la mesa. Se encienden las luces en las ventanas del patio, y la española manda acostarse a sus niños.

—Anda, hijo, empieza a comer.

Pero ninguno de los dos tiene ganas de cenar. Valentina va esparciendo las espinas por el plato. Se oye, en sordina, la música de una radio. Valentina vuelve a mirar el reloj.

—¡Ay, Dios! ¿Le habrá pasado algo a este hombre?

—Estará hablando con Matías —dice Valentín.

Lo dice para espantar su propio miedo, el miedo de que Benito se haya perdido por los pinares, como los patos y la perdiz, y que no vuelva nunca.

—¡Ahí está!

Aún se oyen las pisadas de Benito en el portal, todavía no ha empezado a subir las escaleras, cuando Valentín ya ha abierto la puerta y Valentina ha salido al rellano con el tenedor en la mano.

—Vamos, que ya es hora.

—Me he entretenido un poco, mujer.

Valentín no lo regaña. Lo que hace es mirarlo detenidamente; contemplar su pelo blanco cortado al cepillo, las mejillas escuetas, sus ojos curiosos, y esas manos que acumulan tesoros y no saben arreglar los enchufes. Ahora se da cuenta de que se ha preocupado inútilmente. ¿Cómo no se le ha ocurrido antes? Si Benito se hubiera perdido en el pinar, no hubiera tardado nada en encontrarse a sí mismo y traerse a casa, igual que hizo con los patos y la perdiz. Parte un trozo de pan y se pone a comer con ganas. Benito, al sentarse a la mesa, hace como que se agacha a buscar algo, y le susurra entre dientes.

—Tengo que contarte una cosa.

—¿Qué cosa?

Valentina vuelve la cabeza hacia ellos, y Benito se hace el distraído; para disimular, comenta lo rico que está el pescado, y Valentina le sirve medio vaso de vino.

—¿A que no ha dado aviso al carpintero?

—A que sí.

—Vaya, menos mal.

—Precisamente venía pensando en eso. Como mañana es sábado y tú haces la compra, el chico y yo podemos ir a buscar al carpintero.

—Pero, bueno, ¿no acaba de decirme que ya le ha avisado usted?

—Que ya tengo las señas, mujer —rectifica Benito pacientemente.

Quien de verdad tiene mucha paciencia es Valentina, y muchas ganas de conversación esta noche. Valentín no encuentra el momento de quedarse a solas con Benito y conocer la misteriosa noticia. Ha de esperar a que todos se hayan acostado para asomarse, sigilosamente, a su dormitorio.

—¿Qué era eso que tenías que decirme?

Benito está limpiando la caja de la perdiz, poniendo la suciedad en otro sitio. Cuando se vuelve hacia la puerta tropieza con un montón de cachivaches. Aparta con el pie un yo-yo que va a parar, rodando, bajo la cama. Se lleva un dedo a los labios indicando silencio.

—Encontré a Zico —dice en voz baja. ◆

Capítulo 8

◆ LA MAÑANA de agosto es muy calurosa, y Benito y Valentín han andado mucho. Han atravesado el parque donde hay pavos reales, estanques con cisnes y cascadas de agua, entre las rocas, que se iluminan de noche. A Valentín le aprietan las sandalias.

—¿Estás seguro de que es Zico?

—Aguarda y verás.

Cruzan la puerta de hierro, pasan por delante de un cuartel y salen a la calle ancha que lleva a los pinares.

—Las cosas de los cuentos no pasan aquí, abuelo. Pasan en países lejanos, como Italia. ¿No ves que Zico es un nombre italiano?, y Vitorio también.

Caminan un trecho y giran a la izquierda. Se meten por una calle angosta que Valentín no ha visto nunca. Benito le señala el rótulo de la pared.

—¿Qué dice ahí?

Valentín mira el rótulo azul con letras blancas; apenas puede creerse lo que está leyendo.

—Calle Italia.

—Eso fue lo que me dijeron —afirma Benito.

Y, de pronto, Valentín tiene la sensación de que todo puede suceder, los acontecimientos más increíbles, cualquier aventura que uno haya soñado. Encontrar un taller de carpintería en la esquina de la manzana, nada más pasar la tienda de electrodomésticos, y un niño de doce años, espigado y triste, pegando la pata de una mesa. Valentín lo reconoce en cuanto lo ve, como si llevara su retrato en la imaginación. Lo llama, suavemente, desde el umbral.

—¿Zico…?

El niño levanta un momento la cara hacia ellos; el tiempo suficiente para pringarse los dedos con la cola y ensuciar el brillante barniz de la mesa.

—¡Ay, lo que he hecho! —exclama consternado—. Bueno se va a poner mi padre.

—Límpialo con disolvente —sugiere Benito.

—¿No tienes disolvente a mano?

El muchacho lo busca entre las herramientas, con un aire atolondrado. Sin darse cuenta, empuja con el codo un bote de barniz que se queda haciendo equilibrios en el borde de la mesa.

—No sé donde lo he puesto.

—Pues ráspalo. ¿No tienes algo para raspar?

Valentín sujeta el bote de barniz y lo deposita en un sitio seguro.

—Tú no te metas, abuelo, que es peor.

—Algo habrá que hacer, digo yo.

El niño triste es de la misma opinión. Entre los dos se ponen a raspar la cola, laboriosamente, con un formón; hacen saltar el barniz, rayan la madera, y el remedio es mucho peor que el daño. Benito contempla el destrozo con gesto de resignación.

—Pues sí que lo hemos arreglado…

Valentín no se calla.

—¿Lo ves? Ya te lo decía yo, que no te metieras.

—Ayer estropeé una vitrina —se lamenta el chico, abatido—, y ahora esto.

—Y con el genio que tiene tu padre…

"Vitorio no era un hombre irascible, pero en esta ocasión, hubo de hacer un gran esfuerzo para no dejarse llevar por la cólera."

—¿Conoce usted a mi padre?

—Y a tu abuelo. Lo conocí en su lecho de muerte. Él también era carpintero.

—Ya lo sé. Por eso mi padre quiere que yo aprenda el oficio, igual que ellos. Hace una semana…

Zico se interrumpe, se acerca a la puerta y echa un vistazo a la calle, para cerciorarse de que nadie más puede escucharlo. Luego se sienta en la mesa, con las piernas colgando; se le ve deseoso de contar sus penas a alguien.

—Hace una semana me pilló en el pinar, mirando una cápsula espacial. ¿Y saben lo que hizo? Me tuvo tres días encerrado a pan y agua.

¿Hace una semana? Valentín siente un escalofrío. No es posible. Todo esto sucedió hace mucho tiempo.

Zico se queda pensativo, echando cuentas con los dedos.

—Fue el domingo —se asegura—. Y hoy estamos a sábado.

"La noche era de agosto, cuando los astros brillan en todo su esplendor y luminosos cometas cruzan el firmamento."

Valentín no pide más explicaciones. Comprende que los misterios son inexplicables y en eso reside su belleza. De una manera misteriosa, Valentín se ha metido en las páginas del cuento, o el cuento se ha salido de las páginas. Y sabe que hay ocasiones como ésta en que todo es posible. Sobre todo cuando Benito se empeña.

—Lunes, martes y miércoles encerrado en la leñera —enumera Zico—. ¿A que no saben por qué?

Benito va a contestar, pero mira a Valentín y le cede el turno para que se luzca.

—Porque a ti lo que te gustaría es ser astrónomo.

—Y cosmonauta —puntualiza Zico; se queda mirando a Valentín extrañado—. Y tú, ¿por qué lo sabes?

—Venía en el libro.

Pero Zico no lo escucha. Repentinamente la luz del taller se ensombrece como si una nube hubiera tapado el sol. En la entrada, cubriendo casi todo el hueco con su figura, hay un hombre cargado con una escalera. Es alto y fornido. Tiene los musculosos brazos al aire, un cuello poderoso y un rostro grave que impone respeto.

—Aquí llega el honrado carpintero —dice Benito.

Y Zico se apresura a tapar la herida de la mesa, cruzando las manos sobre ella como una estrella de cuatro puntas.

Vitorio les da los buenos días y va a dejar la escalera junto a la pared del fondo; enseguida toma un pesado tablón, lo coloca sobre el banco y lo sujeta con la prensa.

—¿Qué deseaban ustedes? —les pregunta.

—Estábamos viendo trabajar al chico —contesta Benito—. Y no parece que se le dé bien el oficio.

—Para eso está aquí; para aprenderlo.

Vitorio habla en tono seco, como si no quisiera gastar más palabras de las necesarias. Saca un metro, consulta las medidas anotadas en un plano y las va marcando en el tablón con el gramil.

—No aprenderá nunca —sentencia Benito—. Se da muy mala maña.

Los niños lo escuchan confundidos; sobre todo Zico, que está viendo venir la tormenta. Valentín, en cambio, ya empieza a sospechar que si Benito echa más leña al fuego por algo será.

—Eso es como sembrar garbanzos en un arrozal.

—¿Cómo dice usted?

—Que al final no salen ni arroz ni garbanzos.

Valentín reflexiona sobre el significado de esas palabras.

Debe ser que Zico es como un arrozal donde crecen estrellas, y por más que su padre se empeñe en sembrar garbanzos, no van a salir mesas ni taburetes. Debe ser algo así.

—Mire usted.

Benito aparta a Zico sin contemplaciones, obligándolo a retirar las manos-tapadera de la superficie dañada. Zico lo mira con rabia.

—Vea usted el destrozo que ha hecho en esta preciosidad de mueble.

Todas las miradas se dirigen al mueble, menos la de Zico, que no se aparta de Benito y está ardiendo de indignación.

—También ha sido culpa suya.

Benito no le hace caso. Palmea, compasivamente, la espalda de Vitorio, como si sintiera mucha lástima por él.

—Con un ayudante como éste se queda usted sin clientela en cuatro días.

Por fin Vitorio se desentiende del plano y del gramil, y abandona el metro en cualquier parte. Levanta una mano desalentada.

—Ya no sé qué hacer con este chico.

—Quíteselo de encima cuanto antes —le aconseja Benito al punto—. Y cómprele un periscopio.

Esto ya es demasiado. Zico no sabe qué cara poner. ¿Para qué quiere él un periscopio?

—Telescopio, abuelo —apunta Valentín.

—Eso. Cómprele un telescopio y envíelo a la escuela a aprender astronomía.

En un instante, Zico adivina con exactitud la cara que debe poner. Se le iluminan los ojos y le crece una sonrisa blanca como un cuarto de luna.

—También tengo que aprender matemáticas y física.

—Matemáticas y física —rumia Vitorio—. Se le ha metido en la cabeza que quiere ser astronauta —le explica a Benito, para que Benito se dé cuenta de lo loco que está Zico y de lo que aguantan los padres.

—No se puede negar que el chico tiene altas aspiraciones.

—Pero, ¿y yo? —protesta Vitorio—, ¿qué hago yo con mi negocio, eh? —Se detiene un momento mirando con pesa-

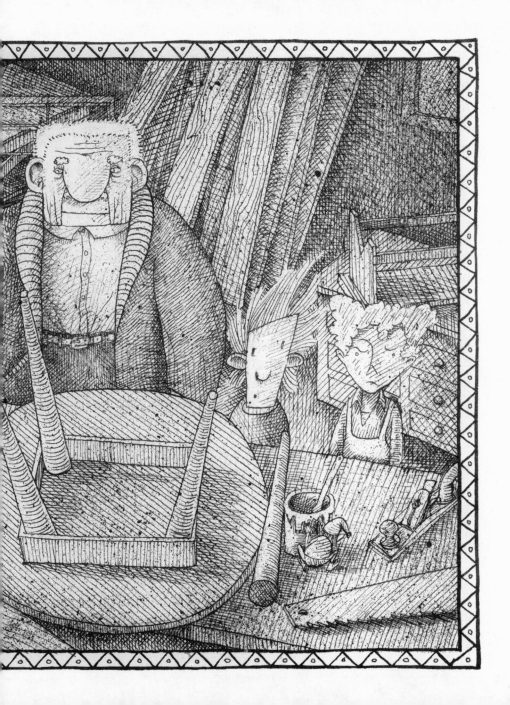

dumbre a su alrededor—. Mi padre me dejó este taller y he trabajado aquí toda mi vida; confiaba en que mi hijo continuara mi labor.

Benito vuelve a ponerle la mano sobre el hombro, amistosamente.

—Otro la continuará.

—¿Quién? No me queda más que una hija, Rosetta.

¡Rosetta! Valentín ha de apoyarse en el banco para no caerse sentado de la impresión. "Pasando el tiempo, Vitorio contrajo matrimonio con una bella joven, y muy pronto su hogar se vio bendecido con la llegada de dos gemelos, un niño y una niña, a los que pusieron por nombre Zico y Rosetta".

Se habían olvidado de Rosetta, porque no había vuelto a aparecer en la historia. Pero existía. Y Valentín está seguro, completamente seguro, de que Rosetta tiene un pelo largo y dorado que suele retirarse de la cara con un movimiento vivaz, y de que confunde Islandia con Finlandia, pero, en cambio, sabe construir patinetas mejor que nadie.

—¿Y qué hace una niña en una carpintería? —está diciendo Vitorio—. Esto es trabajo de hombres.

—Nunca se sabe —responde Benito—. Mi difunta mujer, Magdalena, acarreaba piedras como si fueran flores, y puesta a tirar del arado dejaba al mulo en entredicho.

Valentín no se sorprende demasiado cuando la puerta de la calle se entreabre levemente. Cosas como ésta, que llegue la persona indicada en el momento oportuno, son las que ocurren en los cuentos. La carita graciosa de Rosetta asoma, indecisa, desde el exterior.

—Papá, ¿puedo entrar?

—Entra —contesta Vitorio sin prestarle atención.

Y sigue contándole a Benito cuánto ha trabajado para sacar adelante a su familia, para ampliar el negocio y complacer a sus numerosos clientes.

—Que son muy exigentes, mucho.

Rosetta se sorprende un poco al encontrar allí a Valentín; se saludan apenas con un gesto, porque la presencia de los mayores los cohíbe, y ella no ha venido al taller para ponerse de charla con los amigos. Tira a su padre de la camiseta.

—Papá, ¿puedo ayudar?

—Ayuda —contesta Vitorio, sin prestarle atención, al tiempo que pone sus poderosas manos sobre el banco de carpintero—. Este banco perteneció a mi padre. Madera legítima de haya. Aquí he construido yo mismo mejores muebles. Y todo esto, ¿para qué?, ¿para quién?

—¿Para quién?

Benito sonríe mirando a Rosetta. La niña se mueve con diligencia, manejando el cepillo y la lija. En unos momentos la superficie de la mesa ha quedado como nueva, y la niña empieza a extender el barniz en pequeños círculos.

—Ahí tiene usted la respuesta.

La respuesta no parece ser del agrado de Vitorio, que abre los brazos con desesperación.

—Una niña carpintera. ¿Dónde se ha visto? La mando al colegio para que aprenda las cosas que tiene que aprender una señorita. Pues no. Quiere ser carpintera. ¿Por qué mis hijos se empeñan en llevarme la contraria?

—¿Por qué se empeña usted en llevarles la contraria a sus hijos?

Ante esta pregunta Vitorio se queda un poco desconcertado. Rosetta, por su parte, continúa con su labor como si la conversación no fuera con ella. Termina de pegar la pata con ademanes cuidadosos y eficaces; y vuelve a tirar de la camiseta de su padre.

—¿En qué más ayudo?

—Yo tengo un trabajito para ti —interviene Benito—. ¿Sabrías arreglar una persiana?

—Puedo probar.

En ese caso no hay más que esperar. Mientras la niña se apresura a cargar la caja de herramientas, Benito le hace un guiño al honrado carpintero.

—Con una ayudante como ésta, pronto va a tener que ampliar el negocio.

Vitorio sonríe, pensativo, considerando esta posibilidad. Y da la impresión de que le parece aceptable. Se encoge de hombros y vuelve a colocar el metro sobre el tablón. Zico se le acerca.

—En los proyectos espaciales también se necesitan carpinteros. A lo mejor te toca hacer la nave donde viaje yo.

Y eso sí que sería, realmente, ampliar el negocio.

Entonces, cuando ya Benito y Rosetta han doblado la esquina de la calle, aparece de nuevo Valentín, que llega jadeante por la carrera.

—¡Eh! ¡Zico! —vocea desde la puerta—. Cuando seas cosmonauta me tienes que decir lo que hay después del cielo. ¡No se te olvide! ◆

Capítulo 9

◆ VALENTINA dice que no piensa planchar las camisas de nadie, ni fregar el suelo, ni regar las macetas; que ya está bien de que todo lo tenga que hacer ella y los demás no se molesten, siquiera, en avisar a un carpintero. Toda la mañana dando vueltas por ahí, perdiendo el tiempo, jugando con las amiguitas del colegio; y ella, a oscuras en su cuarto desde hace lo menos tres meses.

—Y en tres meses ya han tenido tiempo, creo yo.

Vuelve la cabeza hacia la ventana de la sala, muy ofendida; y Benito aprovecha el respiro para aclarar.

—Ya traemos al carpintero, mujer.

Valentina lo mira desdeñosa, poniéndose en jarras.

—¿Ah, sí?, ¿dónde lo trae?, ¿en el bolsillo?

—Es una carpintera —puntualiza Benito.

La carpintera se retira el pelo de la cara sacudiendo la cabeza, porque tiene las manos ocupadas con la caja de herramientas. Inquiere con un aire muy profesional.

—¿Dónde está la persiana?

Valentín se apresura a mostrarle el camino.

Valentina se queda pasmada cuando ve a Rosetta utilizar el destornillador, sacar las puntas, destapar la caja de la persiana y arreglar la avería en un dos por tres. Rosetta tira de la correa, la persiana sube con suavidad, y la luz del día devuelve todos los colores a la habitación.

—Fíjate… ¡qué habilidosa!

Rosetta va guardando las herramientas y Valentín le ayuda, porque le gusta ver lo bien ordenadas que están, cada una en su compartimiento, y que el pelo de Rosetta le haga cosquillas en la nariz.

—El lunes te ayudo a hacer los problemas, ¿quieres?

—¿Y el mapa de España?

—También.

Hay que ver qué chica tan espabilada. Valentina no sale de su admiración.

—Una niña como ésta me hacía falta en casa.

—Tendrás que esperar algunos años —contesta Benito.

La niña les tiende uno de esos papeles donde suelen ir anotadas las facturas.

—No les cobro el desplazamiento —dice—. Y les he hecho una rebaja porque soy amiga de Valentín.

En el recreo de esta mañana, Valentín ha hecho un recuento de sus préstamos. Ha prestado la perdiz a Pablo, un pato a Ariel, la linterna a Gabriela, y a Rosetta esa cosa que no se sabe si es un cromado de un coche o una tapadera. Valentín ha llegado a

la conclusión de que sus amigos son unos pedigüeños. Es lo malo que tienen.

—¿Y a mí no me prestarías un telescopio? —le pregunta Zico.

Desde que empezó el curso Zico asiste diariamente a la escuela; los profesores están asombrados de sus conocimientos y del afán que pone en el estudio. Creen que va a ser un gran sabio. En cambio, a Rosetta no le ven ningún porvenir, se preguntan qué va a ser de ella cuando sea mayor, cómo se va a ganar la vida, si siempre está perdiendo el tiempo construyendo maquetas y artefactos raros.

—Voy a poner un volante a la patineta. Valentín, ¿me ayudas?

—Hoy no puedo.

Hoy Valentín quiere resolver un asunto importante que, desde hace tiempo, le ronda la cabeza y le intriga mucho. ¿Qué pasaría al final con el cuento interrumpido?, ¿cómo terminaría? Valentín tiene el presentimiento de que conoce el final de la historia, pero prefiere comprobarlo.

Cuando entra en la biblioteca la encargada lo recibe con un gesto antipático que a Valentín le resulta muy simpático y le divierte. Es como si ellos dos estuvieran representando una comedia sin que los demás se dieran cuenta, un juego secreto. La bibliotecaria está numerando un lote de libros y marcándolos con un sello de tinta morada.

—Lo siento. Ya no me quedan más libros para tu abuelo —dice enseguida—. Mira esta remesa que acabo de recibir. Todos los protagonistas son niños, ¿lo ves?

Valentín adopta una expresión sumisa que forma parte del juego.

—Sí, señorita.

—No salen abuelos, ni viejecitas, ni bibliotecarias, nada. Niños por todas partes.

—No importa. Hoy quiero llevarme ése.

Valentín señala el libro forrado de azul que se destaca en las estanterías, entre cientos de ejemplares, como si fuera el único, como si no existiera ningún otro.

—¿No quedamos en que ése no le gustaba a tu abuelo?

—Es que no lo leímos entero. A lo mejor el viejo sale al final

La bibliotecaria suspira con aire de sufrimiento.

—Me tienen harta.

Y estampa el sello, con mucha energía, por segunda vez en el mismo tomo.

—Alcánzalo tú mismo, anda; que yo estoy ocupada.

Y cada uno de estos movimientos, desde que Valentín carga la escalera, la arrima al estante, va subiendo por los peldaños y roza con los dedos la cubierta satinada del libro azul, cobra un sentido mágico.

—Ya conoces las normas, ¿verdad?

—Sí —asiente Valentín dócilmente— que no puedo llevármelo a casa.

Como cualquier otro día a la hora de comer, Benito se ha comido la miga del pan y Valentín, la corteza. Benito se ha bebido el vino y Valentín, el refresco. Benito ha retirado los platos y Valentín ha limpiado el mantel con un trapo húmedo. Luego, sin notar el calor que hace en la cocina ni oír las voces de un señor enfadado que alborota el patio, Valentín ha abierto el libro forrado de azul, y ha buscado la página en donde la lectura quedó interrumpida. Benito lo mira a la cara fijamente y arrima un poco más su taburete hacia él. Escucha:

...encerrado durante tres días en la carbonera de la casa, sin más alimento que un pedazo de pan y un cuenco de agua, sometiendo, de esta manera, la indómita voluntad del muchacho, quien, al tercer día, se mostró dispuesto a acatar los deseos del padre.

Así pues, comenzó Zico a trabajar, de mañana, en el taller de Vitorio, como un asalariado más, dando fin a sus fantasías y a sus correrías nocturnas, ya que, tan pronto como oscurecía, lo rendía el cansancio de la jornada y había de irse a dormir antes de que apuntaran los primeros luceros.

Sin embargo, sucedía algo extraño. Por más que el muchacho se aplicaba en el manejo de la sierra y la escuadra, apenas hacía progresos; y tal era su torpeza que causaba más destrozos que beneficios. Diríase que su ánimo se encontraba en otra parte, y que había en su mirada una nostalgia de estrellas.

Una mañana en que los empleados se hallaban en la maderería, Vitorio hubo de ausentarse por unos momentos, y le encomendó la terminación de un delicado trabajo que había de ser entregado en palacio aquel mismo día, so pena de desatar las iras del rey, quien era temido por su crueldad en toda la comarca.

86

—No me acordaba de que hubiera un rey —comentó Valentín sin levantar la vista del libro.

—Había un palacio. En los palacios suele haber reyes y gentes de alcurnia.

Se trataba, simplemente, de limpiar una mesa, cuya superficie estaba formada por una pieza de mármol negro, única en su género. El muchacho se puso a la tarea con harto empeño, mas quiso su mala fortuna que empujara inadvertidamente un bote de cola, cuyo contenido se derramó sobre el mármol.

Sin saber qué hacer, aterrado por las terribles consecuencias que su imprudencia podía acarrear a su padre, Zico ocultó el rostro entre las manos y prorrumpió en amargo llanto. No había transcurrido mucho tiempo, cuando creyó percibir un leve rumor a sus espaldas. Volvió la cabeza y ante sus ojos apareció un venerable anciano de largos cabellos...

Valentín mira a Benito, emocionado.

—Aquí sales tú.

—Ya era hora. —Benito se rebulle satisfecho sobre el asiento. Lo apremia con un movimiento de cejas—. A ver lo que dice...

...un venerable anciano de largos cabellos, blancos como la nieve, apoyado en un báculo de oro que resplandecía como el mismo sol.

Valentín se detiene de nuevo y observa a Benito.

—Tú no tienes largos cabellos blancos. Los tienes cortos y de punta.

—¿Eso qué importa? Han de cambiar algo las cosas, ¿no? Para eso están los cuentos. Tú no te pares.

Era un sabio centenario al que acompañaba un servidor de corta edad. Venía desde lejanos países, siguiendo la dirección de la estrella Polar, en busca de un muchacho al que transmitir su ciencia, y a quien enseñar los secretos del universo que se le habían revelado a lo largo de su dilatada vida.

—Dice que eres un sabio.

—No soy tonto, ¿no?

Ahora Benito tiene su cabeza pegada a la de Valentín y trata de seguir con la mirada esos renglones, esos signos que no sabe descifrar y que cuentan, por fin, una historia donde interviene un viejo: Benito.

Cuando Vitorio regresó al taller y vio el valioso mueble estropeado por la negligencia de Zico, se indignó sobremanera, pues temía caer en desgracia ante el rey si no cumplía su encargo en el plazo fijado; pero el viejo sabio aplacó su ira con prudentes palabras, y le hizo ver cuán equivocado estaba, obligando al muchacho a realizar tareas para las que no estaba dotado, y apartándolo, en cambio, de su verdadero destino.

—No se puede cambiar el curso de los ríos —dijo el anciano—, ni cegar las aguas del manantial.

Pues estaba escrito que, andando el tiempo, Zico llegaría a ser un gran sabio que descubriría las rutas inexploradas del universo.

Estas razones sacaron a Vitorio del error en que estaba, mas no calmaron sus temores, ya que no veía el modo de cumplir a tiempo el encargo del rey. Lamentábase de su infortunio, cuando oyó, con espanto, el son de las trompetas y el rechinar de los cascos de los caballos, aproximándose al lugar. Poco después, el mismo rey irrumpía, altaneramente, en el taller, envuelto en una larga capa de armiño y seguido por una escolta de nobles y palaciegos.

Vitorio se sintió perdido. Tanta era su turbación que no reparó en un leve ademán del anciano, quien, levantando su báculo, rozó con él la superficie del mueble dañado. De pronto, una exclamación de asombro brotó de todas las gargantas, y los presentes contemplaron, maravillados, la obra más bella jamás salida de las manos de un artesano. Sobre el mármol negro de la mesa brillaban cien puntos luminosos como una lluvia de diminutas estrellas.

Impresionado por tan admirable obra, el rey nombró allí mismo a Vitorio carpintero real; lo colmó de honores y le hizo instalarse en palacio, donde Vitorio fundó una escuela, en la cual los jóvenes más diestros del reino siguieron sus enseñanzas, continuando así la labor del honrado carpintero.

En cuanto a Zico, dícese que le han visto, contento y dichoso bajo los cielos estrellados del mundo, en compañía de un sabio centenario que posee las ciencias del pasado y del futuro. Y susurra la gente que ambos han descubierto ignotos caminos, han explorado espacios siderales y han conocido maravillas que los ojos de ningún otro hombre han contemplado jamás. ◆

Epílogo

◆ AL ACOSTARSE por la noche, Valentín percibe un sonido extraño bajo su cama. Es verdad que su cama tiene un repertorio de ruidos variados; a veces ruge como una barca motora, traquetea como un tren, chirría como las ruedas de un coche; pero lo de esta vez es algo realmente insólito. Está maullando como un gato.

—¿Tendré un colchón ventrilocuo? —se pregunta Valentín—. ¿O tendré un gato?

Lo que tiene es un gato debajo de la cama, cómodamente recostado sobre un neumático. El gato tiene el pelo dorado con un triángulo negro entre las orejas, los ojos fosforescentes y todo el aspecto de llamarse Osiris. Valentín le aprieta las patas delanteras para que saque las uñas.

—¡Eh!, no hagas eso —le advierte Benito desde la puerta—. Se pone hecho un basilisco.

Y no es preciso discurrir mucho para averiguar cómo ha llegado hasta allí.

—A que estaba perdido en el pinar.

—Calla, que no se entere tu madre.

Benito cierra la puerta con precaución para no hacer ruido. Acaricia el lomo de Osiris que vuelve a enfundar las uñas y ronronea.

—No es un gato como los demás. Ya te irás dando cuenta. Se sabía el camino de casa.

—¿Se sabía el camino de casa?

Benito no contesta. Se ve que no quiere hacer más aclaraciones por el momento, y Valentín no insiste. Después de todo, Benito no es un abuelo como los demás y hay que dejarle a su ritmo. Hay que dejar que esta noche se pasee, majestuoso, por la habitación, como un sabio centenario que llevara en su mano un báculo de oro más resplandeciente que el mismo sol.

—¿Devolviste el libro a la bibliotecaria?

Valentín hace un gesto afirmativo; luego añade un poco decepcionado:

—¿Te diste cuenta? Yo no salía casi nada.

—A mí me gustó mucho —dice Benito con un aire lejano, como si estuviera soñando—. Estaba muy bien, sí señor. Mira cuando toco la mesa con mi báculo y la transformo por arte de magia...

—¿Y Rosetta qué? De Rosetta no decía ni una palabra.

Benito hace un ademán de impaciencia, molesto porque vengan a estorbarlo con pequeñeces en la hora triunfal.

—Los niños tienen tiempo de escribir su propia historia.

Y vuelve a quedarse absorto y feliz, reviviendo, seguramente, todos los detalles de su intervención salvadora en *La historia de*

Zico. Pero Valentín tiene una duda que quisiera resolver esta noche.

—Hay algo que no entiendo, abuelo —ladea la cabeza para ver mejor a Benito——. ¿El libro ya estaba escrito así o lo has cambiado tú?

—Ya, ya veo por dónde vas…

—Si no hubiéramos entrado en el taller de Vitorio, ¿cómo hubiera terminado la historia?

Benito se encoge levemente de hombros y muestra las palmas de sus manos, dando a entender que él no tiene la respuesta.

—Quién sabe…

Luego le remete la ropa de cama y, mientras Osiris corre a acomodarse en su neumático, Benito se detiene todavía junto a la puerta.

—Mañana trae un libro de letra grande. Ya va siendo hora de que me enseñes a leer.

Valentín asiente, con los ojos cerrados, y se desliza perezosamente entre el frescor de las sábanas. Se queda pensando… el mundo está lleno de cosas misteriosas. ◆

Índice

Este libro se terminó de imprimir y encuadernar en el mes de noviembre de 1998 en Impresora y Encuadernadora Progreso, S. A. de C. V. (IEPSA), Calz. de San Lorenzo, 244; 09830 México, D. F. Se tiraron 5 000 ejemplares.

La batalla de la Luna Rosada
de Luis Darío Bernal Pinilla
ilustraciones de Emilio Watanabe

Veloz como una saeta, una canoa pequeña atraviesa las tranquilas aguas del Lago Apacible. Adentro un niño grita:

—Pronto, escondan a Amarú bajo los juncos. Que no lo encuentren los sucios.

Todos sus amigos corren, pues tienen miedo a los Sacerdotes Hechiceros a quienes apodan los sucios, por el terror que les produce lo que han escuchado sobre sus ceremonias de sangre y sus ritos de sacrificio.

Pero esta vez no será igual. Ellos no habrán de permitirlo. Esta vez dará comienzo la batalla de la Luna Rosada.

Luis Darío Bernal Pinilla nació y vive en Colombia. Ha recibido numerosos premios en su país. La batalla de la luna rosada *recibió mención honorífica por el jurado de la Casa de las Américas. En la colección Travesías también ha publicado* Anacaona y las tormentas.

para los que leen bien

El pozo de los ratones...
de Pascuala Corona
ilustraciones de Blanca Dorantes

Felipa, que así se llamaba la cocinera, puso en el suelo un anafre de los buenos, de los de antes, lo encendió y acomodó en él una olla tamalera poblana y después de ponerle agua, una moneda y la parrilla, fue metiendo los tamales para que se cocieran. Todos nosotros nos sentamos a esperar que estuvieran listos y, para entretenernos, cada uno de los que estaban allí contó un cuento. Se los voy a contar tal y como los recuerdo.

Pascuala Corona es el seudónimo de Teresa Castelló, una de las más prestigiadas autoras mexicanas de libros para niños.

Las aventuras de Pierino en el mercado de Luino
de Piero Chiara
ilustraciones de Luis Fernando Enríquez

Un día, en el mercado, Pierino vio un biplano que volaba a baja altura y le nació la idea del vuelo. Encontró una enorme sombrilla. Pensó que no le sería difícil transformarla en un paracaídas con el cual arrojarse para descender, como un mensajero celeste, en la placita enfrente del puerto.

Si el experimento resultaba, repetiría el lanzamiento y recibiría las monedas de los expectadores.

Sólo le quedaba esperar el miércoles más oportuno, que llegó después de dos o tres semanas de lluvia.

Piero Chiara nació en Italia en 1913. Destacado autor de novelas, también escribió libros para niños y jóvenes. Murió en 1986.

La fórmula del doctor Funes
de Francisco Hinojosa
ilustraciones de Mauricio Gómez Morin

—Mi abuelo fue un médico famoso en todo el mundo. Poco antes de morir descubrió que aquí —el doctor Funes se tocó abajito de la oreja— todos tenemos una glándula, del tamaño de una hormiga, que es la responsable del envejecimiento. Luego se puso a buscar una fórmula para crear una sustancia que frenara el funcionamiento de esa glándula. Y casi lo logró.

Francisco Hinojosa nació en México. Es autor, entre otros, de A golpe de calcetín, La vieja que comía gente, Cuando los ratones se daban la gran vida, *y en coautoría con Alicia Meza,* Joaquín y Maclovia se quieren casar. *En esta colección también ha publicado* Aníbal y Melquiades, La peor señora del mundo *y* Amadís de anís... Amadís de codorniz.